© 2021, Emile COLLADO-DEL CAMPO
Édition : BoD – Books on Demand,
12/14 rond-point des Champs-Élysées, 75008 Paris
Impression : BoD - Books on Demand, Norderstedt, Allemagne
ISBN : 9782322404483
Dépôt légal : Décembre 2021

Nouvelles champêtres   Cravencères 32110 Gers

Nouvelles champêtres   Cravencères 32110 Gers

Je relis **« l'œuvre campagnarde de Denise »** des Papillons Jaunes, association dont je suis le secrétaire.

Denise, qui chaque semaine, m'envoie durant mon hospitalisation de lutte contre la COVID 19, un ou deux feuillets d'écriture que je prends plaisir à lire, quand j'en suis capable, suivant l'évolution du traitement et mes réactions !
Cela est précieux et m'indique qu'à l'extérieur, ils pensent à moi et me « boostent » pour revenir à la vie normale.

De plus je suis à l'isolement, et les seuls contacts sont avec l'équipe soignante, une perle d'empathie, de professionnalisme et de petits bonheurs, surtout lorsqu'ils se risquent à lire à haute voix une Nouvelle de Denise. Quel régal !

J'ai découvert la fin de l'hiver, l'arrivée du printemps, puis le début de l'été qui montre le bout de son nez, grâce aux lettres de Denise : génial !

De quoi écrire un petit livre illustré sur la vie à la campagne, vue par une autochtone, dans le Gers.

De retour à la maison après plus de cinq mois d'absence, ma décision est prise, je mets en forme en tapant les textes à l'ordinateur.
Je ne résiste pas au plaisir de vous faire découvrir ces petites nouvelles champêtres que Denise, peut être sous le regard narquois de Guy, a écrites et transmises via le service postal, ou la visite de Solange mon épouse, à l'hôpital, puis à la clinique où j'étais en rééducation à Cambo les Bains, au Pays Basque.

Grand merci pour tous ces petits bonheurs à partager !!!

Le « **Cazalat** », vu du ciel, lieu privilégier de toutes les nouvelles que je vous propose de découvrir, en sachant qu'elles sont un peu de la thérapie qui m'a été donnée, en même temps que lors de ma lourde rééducation de deux mois et quinze jours, après huit semaines d'hospitalisation en réanimation pour la COVID 19, variant anglais, avec son parcours du combattant : trois fois mis dans le coma durant une semaine.

Nom, prénom, date de naissance, où sommes-nous ? Bon très bien !
Nous pouvons commencer l'histoire. Le patient exécute le test spatiotemporel parfaitement !

Il était une fois…

Rien de plus à dire, si ce n'est de lire … !

Merci d'avoir eu cette idée géniale pour que je ne sois pas coupé du monde de la campagne qui m'accueille, si près du « Cazalat ».

01 Mars 2021

Le premier labour de l'année

Ce mois de Janvier et mi-Février a été très pluvieux. Tous les ruisseaux ont débordé, les terres sont gorgées d'eau, de la boue partout ; il faut attendre pour travailler les sols.

Une période ensoleillée est arrivée et Guy veut planter les pommes de terre.

Il scrute le sol...peut être cet après-midi !

En effet le vieux tracteur s'étouffe, renâcle, rechigne, mais dans un panache de fumée se décide à démarrer.
Il est attelé à la charrue avec ses beaux socs solides puissants.
Le premier sillon débute, l'herbe est enfouie et se rabat sur le côté en un andin bien régulier.

La terre est souple humide, elle sent bon, c'est parfait !

Il continu tout doucement, le soc s'enfonce et fend la terre et voici que le troupeau de poule arrive en courant, voletant à toute vitesse.

Elles se jettent sur ce tapis frais, aéré et picorent, picorent un vers de terre, une larve, un œuf de fourmis une bestiole, un insecte.

Elles n'arrêtent pas ; des petits bruits de satisfaction sortent de leur gosier.
Le soleil fait briller leurs plumes, les rousses, les noires, les blanches, les deux coqs se régalent, ils attirent les poules par des « Cot, cot cot » affectueux s'ils trouvent une friandise et aussitôt les poules le rejoignent.

C'est un tableau magnifique, paisible, plein de couleurs, de vie, joyeux.

Elles sont tellement occupées qu'elles gênent le tracteur qui avance inexorablement et alors peureuses elles sautent sur le côté, mais le danger passé, elles reviennent à vive allure et un coup de bec, un coup de patte pour éparpiller le terreau elles se gavent sans relâche.

Leur gosier est plein et au bout d'un moment la frénésie se ralentit et je vois les poules aller vers la parcelle à côté manger de l'herbe verte bien tendre.

Le menu est complet : protéines + légumes c'est incroyable cet instinct d'équilibre.

Puis j'entends les coqs émettre un son grave, très spécifique qui veut dire « Danger » tout se fige, même les poules une patte en l'air arrêtent leur activité.

De nouveau « DANGER » le silence s'installe.

Un Milan, très haut, dans le ciel bleu, plane sans bruit, les ailes déployées, il survole, scrute, puis disparaît derrière le bois.

Au sol l'activité reprend avec moins d'activité.

Les rayons de soleil sont moins chauds et baissent d'intensité.

Peu à peu le troupeau s'éloigne et se rapproche du poulailler.

C'est l'heure du Couvre-Feu.

Denise

20 mars 2020

Le Paon

Il est là depuis trois ans, deux poules paonnes lui tiennent compagnie.

Au départ, il était très jeune, sans queue, le plumage gris.

Déjà sur sa tête un petit toupet de plumes bleues se dressait.
Les rémiges de ses ailes couleur ocre foncé bien plaquées le long de son corps, sans cesse en mouvement.
Sur ces longues pattes, il arpente dans tous les sens son territoire.
Le jour il rentre souvent dans la cabane et la nuit il est toujours perché sur une barre bien solide qui traverse la volière.

Qu'il pleuve ou qu'il vente c'est tous les jours pareil …

A deux ans la queue à pousser, il est devenu un bel oiseau.
Son cou, sa tête sont d'un bleu intense, les yeux cerclés de blanc et noir.

Cette année, c'est un plaisir de lui rendre visite.

De loin on entend son chant ou plutôt son cri, pas très harmonieux mais répétitif : *Léon ! Léon ! Léon !*

Puis un bruissement bien précis, continu ; il secoue sa queue une à deux fois, les plumes frémissantes, crissent et s'ordonnent dans une roue parfaite. Chaque plume mesure au moins un mètre.

Tel un immense éventail, il arbore sa parure. Le demi-cercle est parfait, aux pointes une petite découpe en biseau.
Puis juste en-dessous une rangée d'ocelles vertes, bleues, dorées.
Tout est symétrique, bien aligné, grandiose !

De longues barbes souples, duveteuses avec des reflets métalliques, violets, lilas, vertes, ocres garnissent le tout.

La parade est frontale, mais il n'est pas toujours bien placé, alors je lui parle « alors regarde-moi ! Tu es très beau, tu es très beau »

Quelque fois il me fait face, un port imposant. Il se fait admirer.

Le déplacement de sa traîne est parcouru de tremblements rapides, de toutes les plumes,

Nouvelles champêtres   Cravencères 32110 Gers

les ailes s'agitent.

On ne se lasse pas d'admirer une beauté pareille.

Nous rêvons de lui rendre sa liberté. Il se pavanerait partout, au jardin, au bois, autour de la maison, dormirait sur l'arbre le plus haut...

Une belle vie...

Denise

01 Avril 2021

C'est le printemps.

Ce matin encore une rosée blanche recouvre chaque brin d'herbe, le temps est froid, un petit vent frisquet parcourt la campagne...

Pourtant la nature soupire, murmure, c'est le moment de pousser, de fleurir, de s'étirer au soleil au détour d'un talus, un peu abrité, exposé au levant, une touffe gigantesque de stellaires s'étale, ces milliers de tiges surmontées de points blancs, bien serrées, sont prêtes à s'ouvrir quelques fleurs sont écloses orientées vers le soleil, elles étalent leur corolle de pétales avec ostentation, comme une provocation...

Des centaines de pervenches tapissent un pan du versant sous les cèdres. Leur bleu est éclatant, comme des milliers d'yeux qui nous regardent.

Partout des pâquerettes que l'on a envie d'effeuiller « je t'aime, un peu, beaucoup, à la folie... »

Par ci, par là un gros pissenlit arbore sa fleur jaune, même la petite véronique bleue arrive à se faufiler parmi les herbes.
Une fleur de muscari se dresse fière, toute seule.
Mais c'est le lierre terrestre avec sa teinte violette qui a le plus de succès.
En effet c'est lui qui a la visite du bourdon... visite sélective !

Les arbustes retiennent leur souffle, ils n'osent pas libérer leur sève. Quelques bourgeons ont été indisciplinés ; le sureau a laissé échapper deux à trois petites feuilles de ses nœuds.

Les frênes changent peu à peu de couleur, une tinte marron roux s'installe dans leur ramure, des millions de poils entourent le bourgeon qui grossit, se gonfle ; ce tapis de soie protège encore et réchauffe l'élan de la vie qui veut s'échapper …
Chaque branche du saule pleureur (il faut regarder de près) est entourée d'une bandelette de vert, ténu, tendre, fragile.

Entre audace et hésitation, le printemps s'installe doucement.

Respirons, respirons à plein poumons c'est de la joie pour tous !

Denise

Nouvelles champêtres   Cravencères 32110 Gers

06 Avril 2021

Il fait froid…

Depuis quelques jours il fait froid, pourtant dans la journée le soleil brille.

Nous faisons une petite flambée le soir dans la cheminée, bien agréable...

Tous les matins au lever, nous inspectons le toit, l'herbe, le sol, rapidement un coup d'œil, oui une gelée blanche : – 1°Celsius, Ce n'est pas très grave.

Ça dure trois ou quatre jours, mais ce mardi 6 avril il y a de la différence. En ouvrant les volets, les tuiles des toits sont givrées de blanc, les herbes sont raides, blanchâtres. Le sol est devenu granuleux.

Là c'est plus grave : - 5°Celsius. Vérifions.
Le soleil arrive bien vite et les dégâts apparaissent.

Les feuilles de la vigne déjà bien avancées en végétation deviennent molles sous la chaleur du jour ; le lendemain, elles pendent lamentablement et brunissent très vite pour se dessécher.

Les sarments de la vigne sont comme en hiver...

Les pommes de terre vu leur végétation avancée que l'on croyait précoces, se ramollissent, s'affaissent et disparaissent.

Les turions des asperges sont aussi touchés, ils sont translucides et mous.

Même les petits pois qui pourtant résistent au froid puisqu'ils sont semés en Novembre ont les bordures grillées, gelées. Ils ont sale mine...

Dans le verger c'est plus grave : la désolation.

Les cerisiers, les brugnons, les pêchers, poiriers, kakis plaqueminiers avaient déjà les fruits nombreux, prometteurs, bien formés.

Tous sont gelés et tous se dessèchent et tombent au sol, il n'y aura rien, rien...

Au bois, on peut voir les jeunes feuilles des chênes, des frênes, ratatinées, frisées, tout est abîmé, ralenti.

Une lueur d'espoir reste malgré tout : les pommiers un peu plus tardifs n'ont pu encore fleurir...
Très vite il se couvrent d'une multitude de fleurs blanches, piquetées de rouge : très beau !

Je regarde régulièrement si de futurs fruits apparaissent ; il y en a quelques-uns, mais il faut être patient et leur laisser le temps de se former...

Nouvelles champêtres   Cravencères 32110 Gers

A la vigne, des bouquets de feuilles nouvelles se présentent, quelque fois un petit raisin émerge, il est petit, mais il résiste...

Et comme si rien ne s'était passé la nature reprend le dessus ; Les arbres, les haies continuent à verdir, les oiseaux chantent et font leur nid, les papillons voltigent, les mouches bruissent et les hirondelles fendent à toute vitesse le ciel bleu...

Denise

La Lapine Pimprenelle.

Dans la cage, elle est gentille, pas agitée et semble heureuse, elle mange avec plaisir les herbes fraîches et le grain à côté.

Il y a quelque temps elle a reçu la visite de « Caramel » qui s'est occupé d'elle.

Guy a renouvelé sa litière de façon abondante.

Un jour, on peut remarquer au fond, dans le coin de la cage, comme un petit nid formé avec du foin. Rien de plus pendant trois à quatre jours.

Un matin, le nid est tapissé de poils qui débordent un peu ; elle les tire sous son ventre avec l'aide de ses pattes.

Puis en regardant de près le lendemain, le nid semble garni, et une couche fine de poils de lapin recouvre le tout, comme un voile...

Le milieu du nid bouge, se soulève tout doucement comme une respiration régulière. Des lapereaux sont nés !

Il ne faut rien toucher. Ils sont là, tout nus, bien au chaud...

Si on s'approche, Pimprenelle part de l'autre côté pour attirer l'attention ailleurs, protégeant ainsi sa progéniture.

Tout semble calme, il faut attendre, Guy un peu plus téméraire plonge sa main et compte : sept petits ! C'est une réussite !

Pimprenelle les allaite, mais on ne voit rien. Puis le nid enfle, bouge un peu plus, des bouts d'oreilles se devinent, des petites têtes émergent.

Le premier lapereau sort du nid, il est accroché à la mamelle de sa mère, une petite boule, les pattes en l'air, il ne veut pas lâcher la tétine, encore une goutte de lait…encore…encore.

Il faut au moins dix jours pour que la nichée soit visible.

Le même scénario recommence. La mère arrive sitôt que de la nourriture est distribuée et on peut voir deux ou trois petits, tenaces, exigeants qui s'accrochent aux mamelles de Pimprenelle ; ils sont sur le dos les pattes en l'air et sucent, sucent le lait.

La mère d'un saut, se débarrasse de tout ce petit monde et les voilà un peu ébahis et vraiment jolis.

Le poil a poussé couleur caramel, leur œil bien rond tout noir, les oreilles dressées.

Certains, se dirigent vers l'herbe verte et comprennent très vite : crac ! Crac ! Crac !
Tous en ligne bien serrés les uns contre les autres.

On devient indépendants...

Denise

16 Avril 2021

Sacré colère, colère noire, Punaise de punaise !

Une bestiole est entrée dans le poulailler et a tué le coq et trois poules, la blanche et deux noires.

Pourtant ce poulailler était réputé pour être imprenable, comme une forteresse...

Par où est passé cet animal ?

On a beau réfléchir, la situation n'est pas claire...
- Soit grimper le long du mur et entrer par le toit ! Pas simple !
- Soit monter sur l'arbre, (le sureau a bien grandi) et sauter sur le toit ! Peut-être !

Qui est-il ? Une fouine, une genette, une martre ?

De toute manière c'est un carnivore sanguinaire ; sa façon de faire est typique : couper la tête, le cou et laisser là la dépouille sur place.

Bien sûr il a mangé une partie du coq.
Peut-être va t'il revenir chercher les restes de son festin ?

Qu'à cela ne tienne il sera pourchassé...

Guy fouille dans son bazar bien rangé et trouve le piège qu'il va installer.

C'est un casse-tête ce piège car il ne faut pas attraper, ni poule restante, ni chat, ni chien : donc le tendre le soir à la nuit et le relever le matin à la pointe du jour.

Il faut solliciter la lampe torche le soir, et le réveil le matin.

Notre train train de vie est malmené mais ce n'est rien à côté de la basse-cour restante. Le traumatisme est immense...

Le premier matin après cette nuit périlleuse pas une poule en vue, elles étaient toutes blotties dans l'arbre vert, peureuses, craintives.

Elles ne se précipitaient plus vers la nourriture distribuée tous les matins.

Guy a vite compris que quelque chose se tramait et bien sûr il a découvert le carnage...

Nouvelles champêtres   Cravencères 32110 Gers

La journée a été difficile, le troupeau est resté soudé, une fois les petites escapades à droite, à gauche, pas de cocorico, une vraie tristesse...

Le soir, il s'agit de tendre le piège. Toute une stratégie est mise en place.

D'abord déménager les volailles et les placer un peu plus loin dans un petit parc grillagé.

Le matin elles seront relâchées car tout doit être libre, joyeux, authentique.

Surprise totale, le soir pas une poule dans le poulailler. Le troupeau avait quitté les lieux, l'instinct et se souvenait ! Où sont-elles ?

Sur les arbres peut être ? Mais là il y a du danger la nuit.

Nous verrons demain matin.

En effet elles étaient toutes perchées sur les branches du chêne au-dessus du parc à faisans.

Mais ce n'est pas la sécurité, il faut ébrancher l'arbre qui a servi de courte-échelle au prédateur et continuer à bâtir le nouveau poulailler cinq étoiles ou rien ne pourra accéder, parait-' il !!!

Denise

05 Mai 2021

Ils sont nés !

Après les aventures du poulailler il ne reste plus que, une poule rousse et deux poules en couvaison.

Pour essayer de garder la race de nos volatiles adaptés au « Cazalat », Guy a récupéré bien vite tous les œufs fécondés et les a placés dans deux petites couveuses électriques.

Un suivi des orages, du vent, de la pluie sont prévus par Météo France ?

Alerte danger ! Les couveuses ont été déménagées en haut à l'étage de la maison, sur mon bureau...

C'est très important ! Je m'accommode de la nouvelle installation des fils électriques, du bruit, de la bouteille d'eau pour l'hydratation régulière des œufs, du gravier qui empêchera les poussins de glisser sur le plastique …

Et je me laisse prendre au jeu : régulièrement je vais voir où en sont ces couvaisons. Je m'amuse !

Deux œufs sont déjà becqués, la coquille a cédé sous les coups de becs des futurs nouveaux nés, des petits trous bien nets.
Je regarde encore plus souvent et voici le premier poussin tout roux qui s'est dégagé et pépie, heureux de vivre.
Il n'est pas très solide sur ses pattes. Il agite les ailes, retombe et se relève maladroit.
Le deuxième arrive, il est tout noir et semble plus petit.

A eux deux, ils s'encouragent et parfois se laissent tomber de tout son long, grimpent sur les œufs voisins, se reposent, et recommencent.

Il y a six poussins, nos futures poules et peut être un beau coq...
Il faut leur trouver un endroit plus confortable.
Ils seront placés dans une petite cage avec la lampe chauffante, l'abreuvoir, la mangeoire ; au sol des copeaux bien fins.

Pendant Quarante-huit heures, ils vivent sur leur réserve vitelline puisées dans l'œuf de départ.

On espère, on attend, on est impatients et on répète : Bonne chance !

Denise

Nouvelles champêtres   Cravencères 32110 Gers

08 Mai 2021

Les visiteurs d'une nuit !

Guy a entrepris la construction du nouveau poulailler.

A l'arrière de la maison, avec la tractopelle il a dégagé en bordure des mimosas et aplani d'une terrasse, près du toit.
Tout est parfaitement de niveau, mais voilà qu'une bonne pluie tombe : trente-six millimètres.
Il faut se réjouir la nature entière respire.
Au petit matin on fait une découverte !

Des visiteurs d'une nuit ont arpenté la zone, ailleurs on ne voit rien, il y a de l'herbe.

Le sanglier est passé par là ; on voit l'empreinte de ses sabots, les marques rondes assez grosse, on distingue bien les deux doigts à l'avant et les deux onglons à l'arrière...

Le chevreuil aussi a traversé, l'empreinte de ses sabots allongés, fins, bien figés dans la terre d'un à deux centimètres...

La genette est venue visiter le terrain, sa patte est ronde, comme le chat, quatre à cinq coussinets sont bien nets et le talon est marqué à l'arrière...

On retrouve la trace du renard, sa patte est bien ronde et les poils qu'il a sous la plante marquent le sol humide, on a une impression de légèreté.

Il ne faut pas oublier les taupinières bien visibles avec leur dôme régulier au nombre de quatre ou cinq.
La terre rejetée paraît fertile, bien noire...

Nouvelles champêtres   Cravencères 32110 Gers

Au milieu du terrain, un chemin de fourmis d'au moins un mètre de long avec une petite galerie encore habitée.

La vie nocturne n'est pas au repos, on est surpris de voir tant d'empreintes sur un tout petit carré de terre.

En même temps c'est une leçon de sciences naturelles. Il faut être attentif et curieux pour déchiffrer ces messages...

Un professionnel pourrait dire : C'est un mâle, une femelle, il pèse tant, il a tel âge, que fait-il ? Où vont-ils ?

On est étonné de tant de vie et on aimerait en savoir plus : Observons !

Denise

20 Juin 2021

Tout change !

Je ne suis pas sortie depuis longtemps. Ce matin je pars...

Mon Dieu ! Ces bords de route sont méconnaissables, l'herbe envahit tous les talus sur au moins un mètre de hauteur, « La vrai pampa ».

Le gaillet blanc se faufile entre les plantes et forme d'énormes bouquets blancs, légers, aériens.

Les fleurs enrichissent les recoins, les marguerites blanches, les séneçons jaunes dominent la végétation.

Dans un coin de champ c'est le millepertuis qui s'épanouit en abondance. Les pétales en forme d'étoiles brillent sous le soleil. Je vais cueillir un bouquet...

Les blés s'étendent dans les parcelles et ont déjà revêtu leur manteau roux.
Les mais, les tournesols poussent à vue d'œil et atteignent vingt – trente centimètres de hauteur.

Les arbres ont perdu leur vert tendre du printemps, ils sont touffus luxuriant, leurs feuilles vertes forment comme une barrière.

Les abords des villages, les parcs devant les maisons sont émaillés de roses, de géraniums, de suspéririons, tout est fleuri, vigoureux, très beau !

Tout au long de la route je retrouve les pèlerins de Saint Jacques qui ont repris leur périple.

Il y a longtemps que l'on ne les avait pas croisés...

Le long de l'autoroute Auch-Gimond les touffes de genet nous accompagnent, ils sont au maximum de leur floraison : jaune éclatant, magnifiques nuances.

Il fait chaud, très chaud, l'air est comme vaporeux, comateux, et vibre doucement ; c'est étouffant.

Tout semble haletant et appelle la pluie ; elle doit arriver jeudi sous forme d'orage ; ça ne me dérange pas. On dormira mieux.

Partout c'est la vie, la nature qui jaillit, je n'en finis pas de regarder de tous les côtés.

Denise

   07 juillet 2021

La récolte des pommes de terre.

-Achat de la semence « La Bintje ».

-Planté à la mi-mars. (4 ou 5 germes sur la peau se développent en radicelles, puis des racines, des feuilles de la nouvelle plante).

-Familles des solanacées que les lapins ne mangent pas, la solanine est toxique.

-Début Avril, le sillon verdit, une belle ligne se détache sur la terre couleur sable-fauve, les prémices d'une belle récolte s'annoncent.

Hélas, dans la nuit du 6 Avril, - 6 ° Celsius c'est le gel total, les feuilles ont été brûlées, ratatinées et ont disparu dans les deux à trois jours qui ont suivi.

Adieu ! Pommes de terre frites, gratins, purées, ratas...c'est la désolation...

Puis tant bien que mal, chaque pied a refait des feuilles qui ont grandi se sont développés et aux pieds les petits tubercules apparaissent, se forment.

Guy arrose, bine et la végétation suit son cours.

De temps en temps nous arrachons un pied pour évaluer la récolte : des petites boules blanches bien rondes ; ce sont les premières pommes de terre nouvelles.

Celles que l'on n'a pas besoin d'éplucher, il suffit de les passer sous l'eau pour enlever la peau très fine et c'est le premier plat délicieux de pomme de terre de l'année...

Aujourd'hui le 07 juillet 2021, le temps est couvert, un petit vent nous rafraîchit, on récolte notre production de l'année.

Guy attaque le premier sillon avec la bêche, et pioche profondément sous chaque pied, et les tubercules blancs, charnus, rebondis s'éparpillent sur la terre. Il faut faire attention à ne pas entailler les tubercules.

Je ramasse en suivant, je me lève, je me baisse, il fait chaud, un sceau est rempli, deux sceaux, une cagette, deux cagettes, la récolte s'annonce bonne.

Des surprises nous attendent : un œuf de lézard blanc, ovale, immaculé, comme un bonbon.

Un nid de grillon chanteur encore habité, abasourdi, tout noir, il est parti dans les herbes.
Une ribambelle de vers minuscules, des mille pattes se promènent entre les mottes de terre.
Quant aux mulots ; ils empruntent les galeries des taupes pour grignoter les tubercules, on peut voir les traces de leurs dents voraces qui creusent et mangent la chair blanche.

La matinée est vite passée et nous en profitons pour déguster au repas de midi : un grand plat de rosties bien dorées : c'est bon !

Le reste sera stocké dans des cagettes ajourées, au sec dans un endroit obscur...

Christine et Denise

Le confinement est terminé, pour le moment, car l'écoute des informations sur les chaines de radio, les informations télévisées sur les chaines d'information en continue, ou les journaux télévisés, entretiennent une atmosphère d'angoisse et de psychose qui tient une grande importance et masque le reste des informations.

A croire que cela est fait exprès. Une façon de gouverner nouvelle !

Néanmoins la vie continue, les activités reprennent tant bien que mal, la vie associative redémarre en gérant au mieux cette nouvelle atmosphère, la musique, très présente durant ce confinement, retrouve petit à petit son public, avec masque, produits phytosanitaires, car il faut désinfecter un maximum ce que l'on touche, et la poésie se poursuit, dans la tête, en attendant les prochains textes...La suite quoi !

                    Merci Denise.

Portes Ouvertes au Poulailler…   30 octobre 2021

Depuis quelque temps il a été décidé de donner la liberté aux habitants du poulailler.

Il attend que le tout début de la chasse soit passé. On ne sait jamais ! …

Le « Cazalat » est réserve de chasse. Tout va bien, c'est le grand jour !!!

La porte centrale est donc grande ouverte.

Rien ne bouge. Peu à peu les premières poules investissent le balcon avec mille précautions.
C'est une poule noire, une ancienne rescapée qui saute la première.

Bizarre, elle picore un peu d'herbe verte et bâtit un petit nid dans la terre où elle se blottit les ailes ouvertes.
Elle reste là sans bouger. Les autres la regardent mais personne ne franchit la difficulté.

Décidée j'apporte une chaise et je m'installe à quelques mètres pour profiter du spectacle…

Un premier faisan doré se montre, il va, il vient, il rentre à l'intérieur. Tout à coup il s'élance et se retrouve sur le toit.
Son vol n'est pas assuré, les battements d'aile sont maladroits, il attend un peu et hop le voilà parti vers les buissons.
Il revient et s'agrippe au grillage des volières, il reste longtemps sans bouger, indécis.

Deux autres faisans dorés sont prêts, ils s'envolent et ne vont pas très loin. Les autres suivent …

Puis le paon adulte à son tour prend son élan et le voilà au sol tout ébaudi de son exploit.
Lui aussi fait comme la poule noire, il se blottit au sol sur la terre et ne bouge pas.
Sur le balcon il y a de l'agitation, les perdrix se faufilent et sans difficulté s'élancent avec légèreté.
Elles restent groupées, il y en a cinq et disparaissent bien vite dans les arbustes.

Il reste les femelles paon et les nouveaux nés, ils ne se décident pas. Ils émettent un petit cri en regardant vers le sol, étirent leur cou, s'avancent de plus en plus vers le bord et inquiets de voir le vide reviennent à l'intérieur du poulailler.

Les poules font de même s'approchent du bord, regardent vers le bas, attirées par la poule noire. Elles s'accroupissent crispent leurs pattes sur le rebord et demi-tour vers la sécurité.
Et chacune recommence, s'avance avec prudence, regarde avec insistance tout cet espace : c'est impressionnant !

Nouvelles champêtres   Cravencères 32110 Gers

Le ballet est incessant.

Il a fallu la journée entière pour que chaque volatile enfin se retrouve au sol.

Les coqs ne sont pas plus hardis mais eux aussi sont là au milieu de l'herbe verte.
Ils picorent entourés des poules et lancent enfin un beau « Cocorico » !

Tous se déplacent avec mille précautions, ils découvrent un nouvel univers et restent groupés.

Le soir arrive, il faut rentrer se coucher…

La poule noire donne l'exemple. C'est elle qui la première vole sur les caisses échelle, et hop 1er tremplin, 2ieme tremplin, balcon et poulailler, elle est à l'intérieur.
Les autres hésitent, les coqs rentrent après de nombreux atermoiements, se retrouvent sur le balcon. On entend quelques chamailleries et chacun sa place.
Les paons ne se décident pas, il y en a deux qui cette première nuit vont dormir à la cime du grand chêne. Les autres sont rentrés.

A la nuit noire, la porte centrale est fermée.

Nous surveillons tous les jours. Le lendemain nous revoyons les perdrix ensemble qui viennent manger.

Les faisans dorés ne sont pas réapparus.

Un faisan sinoué a fini ses jours sous les crocs d'un carnivore, on a retrouvé les plumes…

Les cinq paons sont tous revenus au poulailler, les poules et coqs sont les plus dociles.

Bientôt la porte centrale restera ouverte jour et nuit il suffira de supprimer le deuxième tremplin pour éviter la venue des prédateurs : Quelle Histoire ! Quels soucis !

Denise

Et les palombes ! Elles se posent au « Cazalat » ?

Nouvelles champêtres   Cravencères 32110 Gers

Récolte du maïs avec la machine moderne à Cravencères …

Le « Cazalat » sous les couleurs d'automne, les palombes survolent la réserve de chasse.

Elles savent lire les panneaux !!!

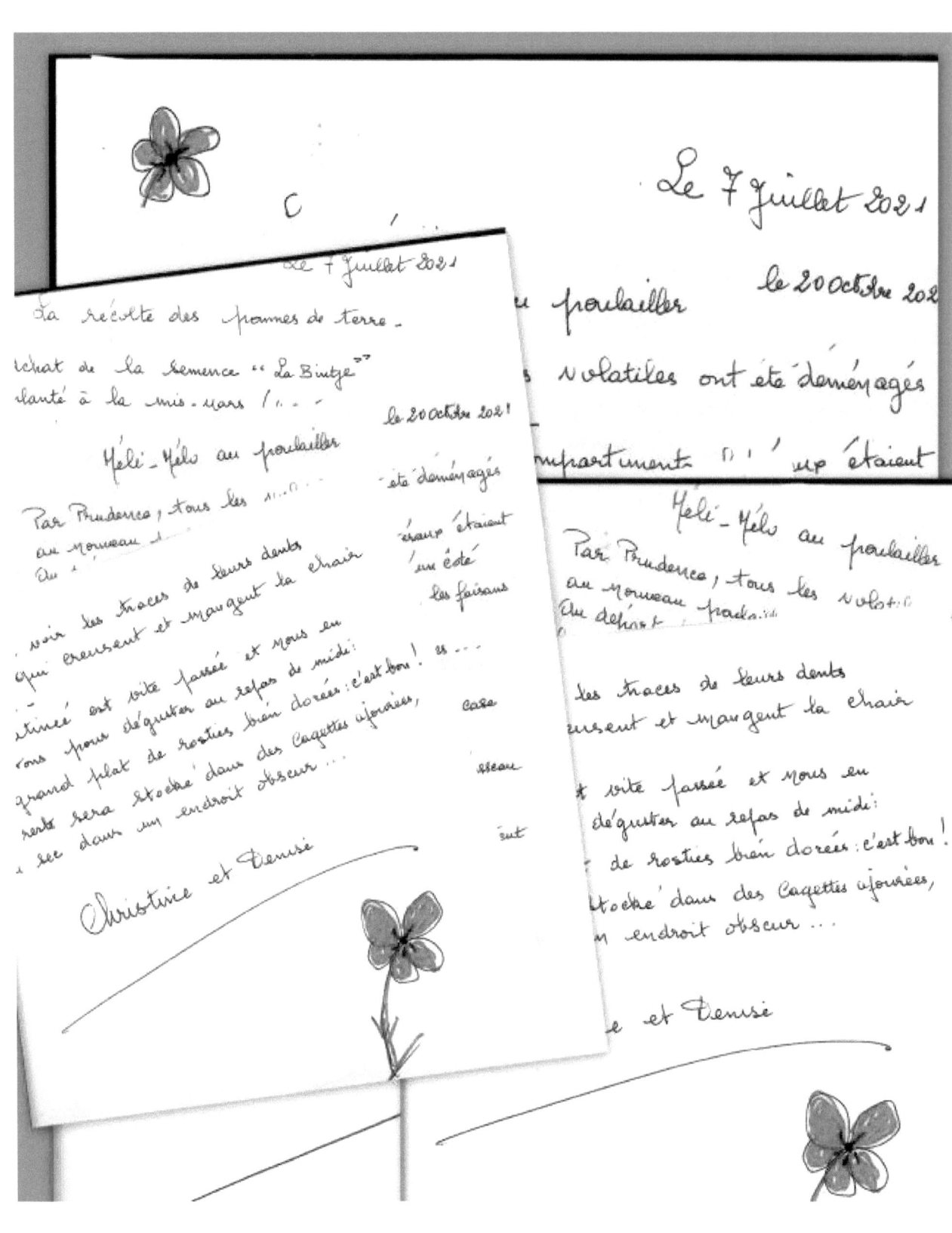

Table des matières

Avant-propos		page 04
Le premier Labour de l'année	01 mars 2021	page 06
Le Paon	20 mars 2021	page 08
C'est le printemps	01 avril 2021	page 10
Il fait froid…	06 avril 2021	page 11
La lapine Pimprenelle	09 avril 2021	page 13
Sacré colère, colère noire, punaise de punaise !	16 avril 2021	page 15
Ils sont nés	05 mai 2021	page 18
Les visiteurs d'une nuit	15 mai 2021	page 20
Tout change	20 juin 2021	page 22
La récolte des pommes de terre	07 juillet 2021	page 24
Fin confinement	14 juillet 2021	page 27
Portes ouvertes au poulailler	24 octobre 2021	page 28
Maïs et Cazalat	19 novembre 2021	page 31

Nouvelles champêtres   Cravencères 32110 Gers

Denise et Guy Bats, acteurs de toutes ces nouvelles campagnardes.

A vos cassettes disait un illustre chroniqueur !

Et oui ! c'est à haute voix qu'il faut lire ces nouvelles...

La vague bleue est dans le jardin !!! Je me demande bien ce qu'il va se passer ! demain...

ISBN EST 9782322404483

© 2021, Emile COLLADO-DEL CAMPO
Édition : BoD – Books on Demand,
12/14 rond-point des Champs-Élysées, 75008 Paris
Impression : BoD - Books on Demand, Norderstedt, Allemagne
ISBN : 9782322404483
Dépôt légal : Décembre 2021